すみっコぐらし™

# あなうめ日記れんしゅうちょう

キャラクター監修：サンエックス

# すみっコぐらしのなかまたち

この本に出てくる
「すみっコぐらし」のなかまたちを
しょうかいするよ。

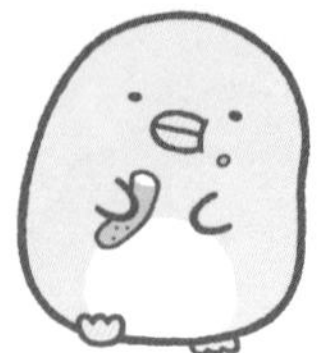

**ぺんぎん?**

じぶんはぺんぎん？　じしんがない。昔は頭におさらがあったような…。

**しろくま**

北からにげてきた、さむがりでひとみしりのくま。あったかいお茶をすみっこでのむのがすき。

**とかげ**

じつは、きょうりゅうの生きのこり。つかまっちゃうのでとかげのふり。

**ねこ**

はずかしがりや。気がよわく、よくすみっこをゆずってしまう。

**とんかつ**

食べのこされたとんかつのはじっこ。おにく 1 パーセント、しぼう 99 パーセント。

**ざっそう**

ブーケになるのが夢のポジティブな草。

**ふろしき**

しろくまのにもつ。すみっこの場しょとりなどにつかわれる。

**ブラックたぴおか**

ふつうのたぴおかよりもっとひねくれている。

**たぴおか**

ミルクティーだけ先にのまれてのこされてしまった。

**えびふらいのしっぽ**

かたいから食べのこされた。とんかつとは心が通じる友だち。

**やま**

ふじさんにあこがれているちいさいやま。

**おばけ**

やねうらのすみっこにすんでいる。

**すずめ**

ただのすずめ。とんかつをついばむ。

**ほこり**

すみっこによくたまる、のうてんきなやつら。

**にせつむり**

じつはカラをかぶったなめくじ。

まめマスター
ふくろう
もぐら
あじふらいのしっぽ
ぺんぎん（本物）
はずれぼう
はずれ
がり、わさび
ふたば
ふろしき（ボーダー）
きのこ
とかげ（本物）
あげだま
パン店長
ねこのきょうだい（トラ）
ねこのきょうだい（グレー）
わた
すなやま
みならいこうさぎ（ピンク、ホワイト、オレンジ）
うさぎマイスター
こーん
たぴおか（レインボー）
かわうそ
こいぬ
いぬ
いちばんぼし、にばんぼし、さんばんぼし
ほし（ひとで?）
すみっコ学園長
くり
ぽっぷこーん
さとう店長
さとう副店長
うみっコ
はりせんぼん
ひとで
うみねこ
くまのみ
えび
うみがめ
おばけのなかま

# この本のつかいかた

## ステップ1

まずは1行日記で書くことになれよう！

「れい文」を見れば、書きたいことが見つかるようになるよ。

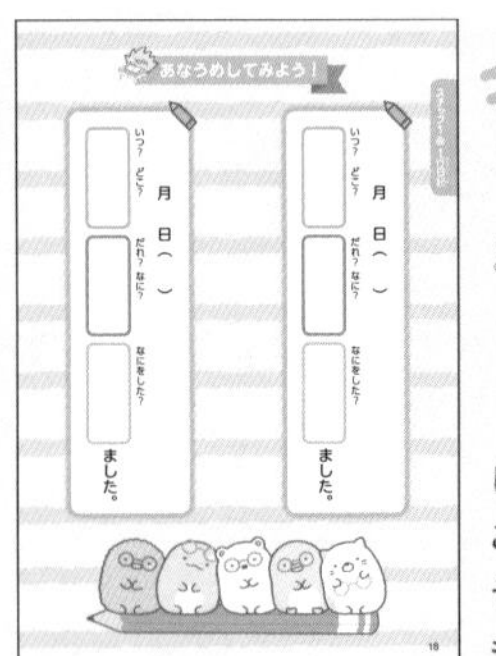

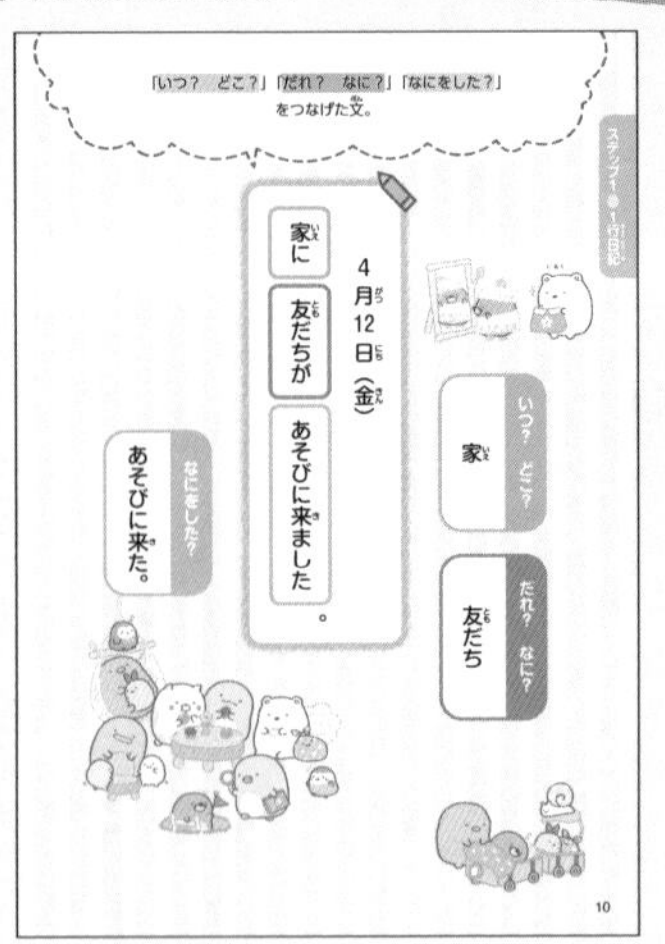

れんしゅうしよう！

じぶんで考えたことばを入れよう。はみ出してもOKだよ。

## ステップ2

できごとをくわしく書いてみよう！

その2

その1

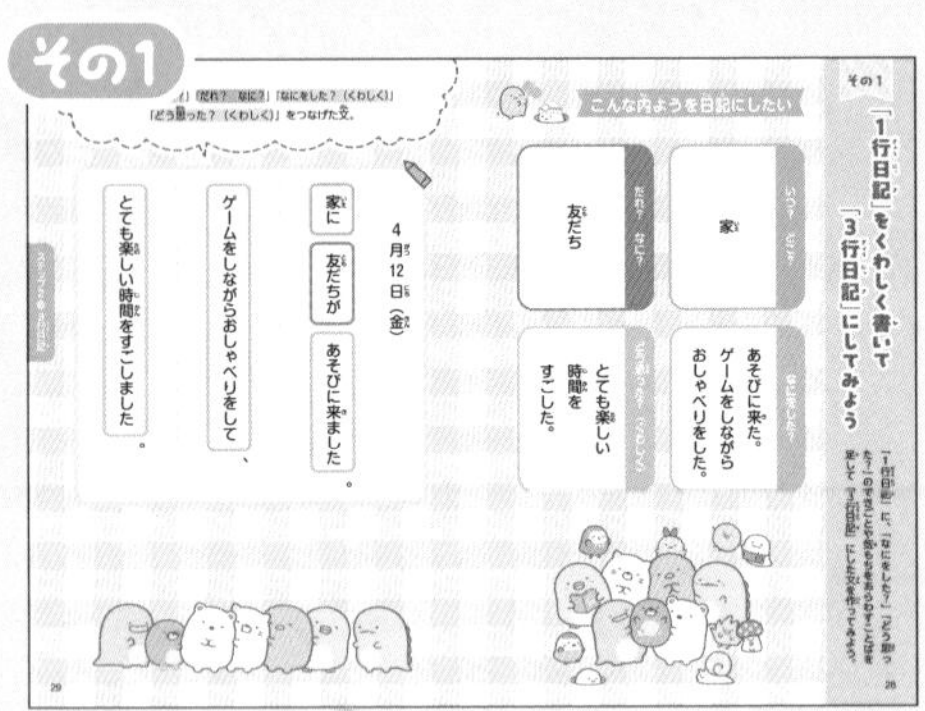

「れい文」を見れば、どう書けばよいかわかるようになるよ。

その3

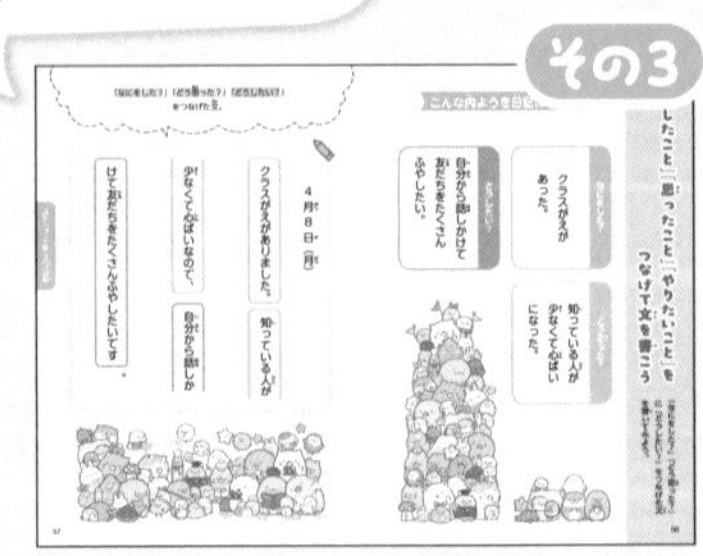

れんしゅうしよう！

思いうかんだことを書こう。はみ出してもOKだよ。

## ステップ3

「できごと」「かんじたこと」の「れい文」を文を書くヒントにしよう。

せりふや気持ちなどもくわえて、長めの文を書こう！

### その1

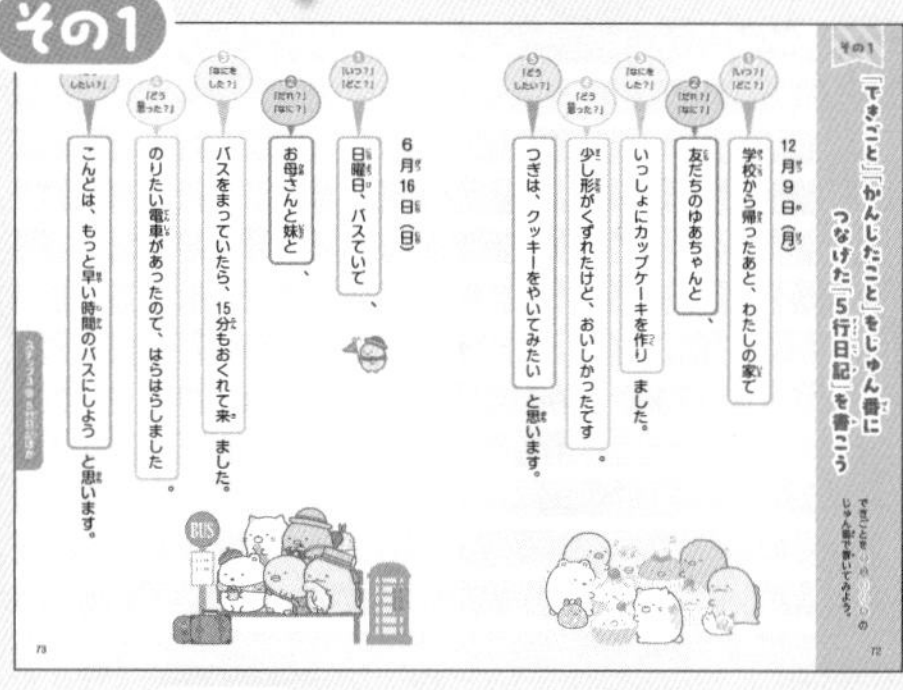
その1 「できごと」「かんじたこと」をじゅん番につなげた「5行日記」を書こう

12月9日（月）
学校から帰ったあと、わたしの家で
友だちのゆあちゃんと、
いっしょにカップケーキを作りました。
少し形がくずれたけど、おいしかったです。
つぎは、クッキーをやいてみたいと思います。

6月16日（日）
日曜日、バスていで、
お母さんと妹と、
バスをまっていたら、15分もおくれて来ました。
のりたい電車があったので、はらはらしました。
こんどは、もっと早い時間のバスにしようと思います。

「心にのこったできごと」をくわしく書いた「れい文」で長めの文を書くコツがつかめるよ。

### その2

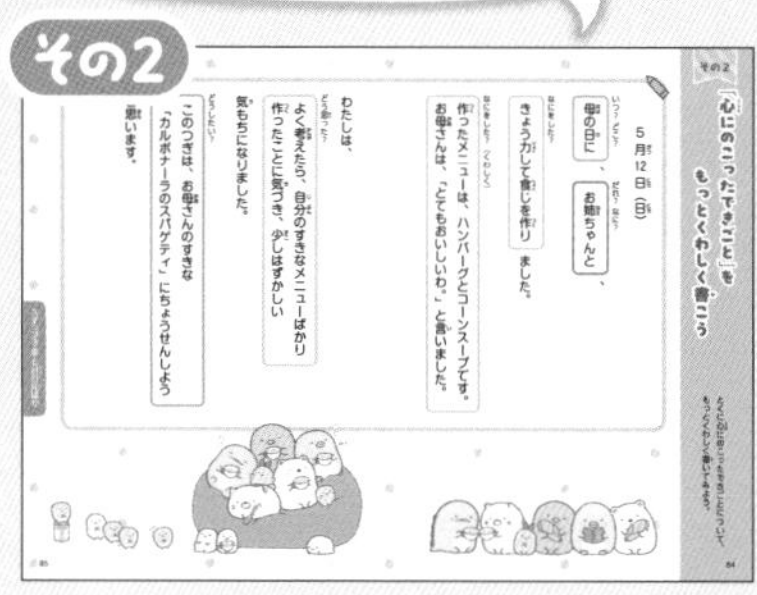
その2 「心にのこったできごと」をもっとくわしく書こう

5月12日（日）
母の日に、お姉ちゃんと、
きょう力して昼ごはんを作りました。
作ったメニューは、ハンバーグとコーンスープです。
お母さんは、「とてもおいしいわ。」と言いました。
わたしは、
よく考えたら、自分のすきなメニューばかり作ったことに気づき、少しはずかしい気もちになりました。
このつぎは、お母さんのすきな「カルボナーラのスパゲティ」にちょうせんしようと思います。

### その3

その3 「気もち」や「せりふ」から書こう

11月7日（木）
わたしは、
たくさんの人と、いろいろな話をするのがすきです。
みんながどんなことを考えているのか、なにがすきなのか、わかるのが楽しいからです。
今日は、友だちのりかちゃんと話をして、同じ本をもっていることがわかり、もり上がりました。
これからも、たくさんの人とできるだけ話をしたいと思います。

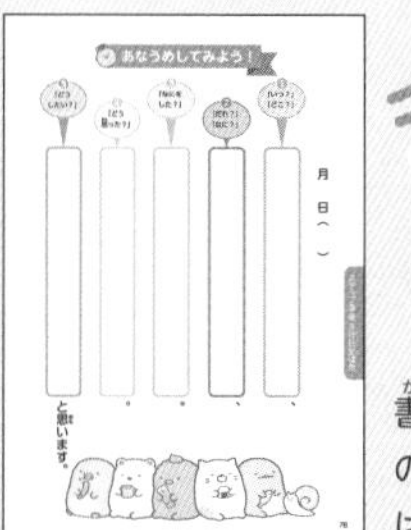
あなうめしてみよう！

月　日（　）

と思います。

書きたいことを自分のことばで入れよう。はみ出してもOK。

「気もち」や「せりふ」ではじまる「れい文」でいろんな書きかたを知れるよ。

## そのほか

### 「日記って楽しい」

日記を書くほうほうをしょうかいしているよ。

### 「日記を書くヒント」

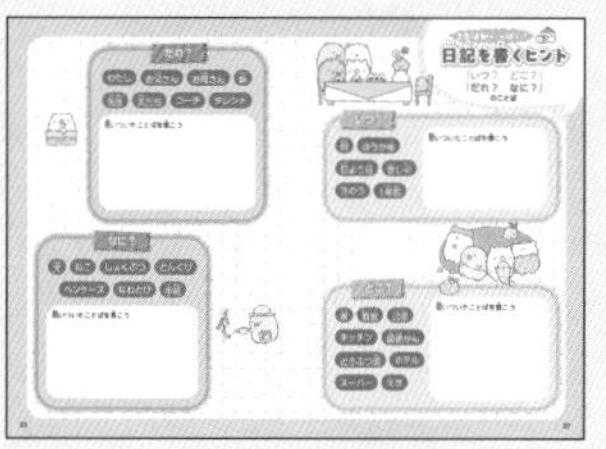

書きたいことが見つかることばをしょうかい、書き出しもできるよ。

## ステップ4

あなうめをつかわずに書いてみよう！

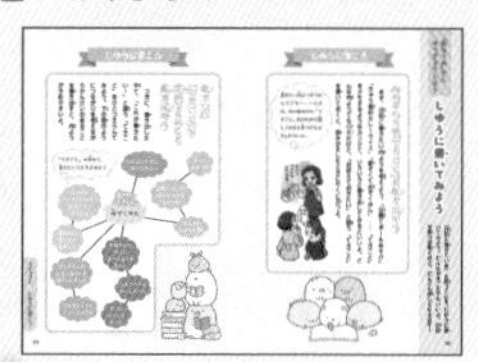

じゆうに文を書く手じゅんをさんこうにしよう。

すみっコぐらしのなかまたちといっしょに楽しく日記を書いてみよう★

# すきなことをじゆうにおしゃべりするのが「日記」

## できごとや感そうなどの記ろく

日記には、「これは書いちゃダメ」……なんていう、きまりはいっさいナシ。あとで読み返したときに思い出しやすいように、そのときのできごとや気もちをくわしく記ろくしておこう。

## 書けば書くほど楽しくなる

日記は、毎日、書かなくてもいいけれど、つづけていくうちに文を書くのが楽しくなっていくよ。「記ろくしたい！」と思ったできごとは、どんどん書いておこう。

## みじかい文から書こう

さいしょは、「1行」のみじかい文から書いてみよう。みじかい文を書きつづけながら、少しずつことばをくわえていけば、だんだんと長い文が書けるようになるよ。

## ★こんなことばをつかって書こう

書き方にきまりはないけれど、つぎのことばを入れるとわかりやすいよ。

「いつ？　どこ？」「だれ？　なに？」「なにをした？」「どう思った？」「どうしたい？」

ことばのじゅん番が入れかわってもOK。

## ★少しずつことばをふやして文をつなげていこう

【ステップ1】「1行日記」（P9～）⬇【ステップ2】「3行日記」（P27～）⬇【ステップ3】「5行日記ほか」（P71～）⬇【ステップ4】「じゆう日記」（P109～）のじゅん番で、少しずつことばをふやして長い日記を書いてみよう。

【ステップ1】【ステップ2】【ステップ3】は、さんこうになる「れい文」と、あいたスペースに文字を入れると文ができる「あなうめ」があるよ。【ステップ4】は、「あなうめ」をつかわず、じゆうに日記を書いてみよう。力を入れすぎないで自分が書きたいことをことばにしながら文を作ろう。

さっそく、書いてみよう★

# もくじ

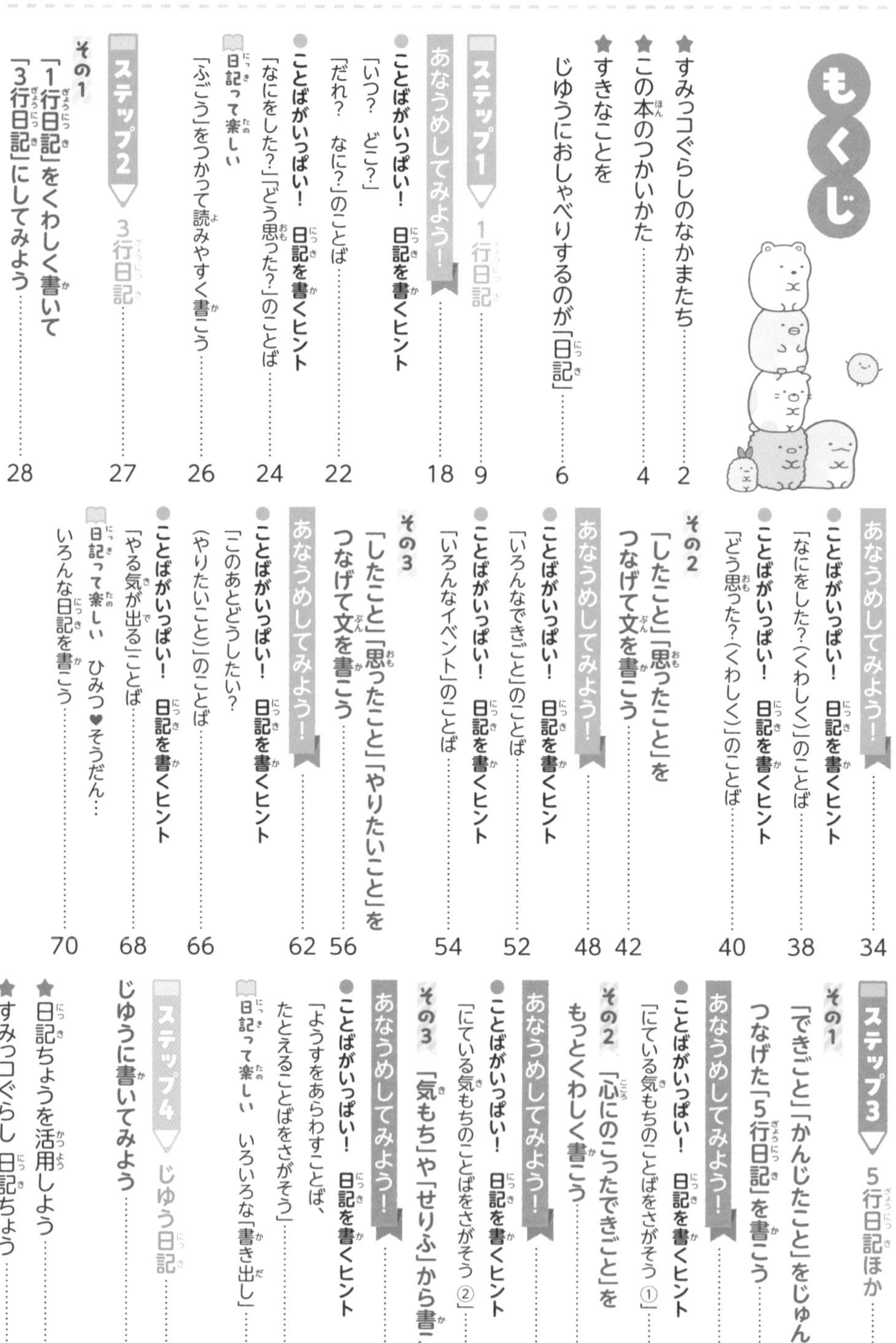

# ステップ1
# 1行日記

みじかい「1行日記」を書いてみよう★

「いつ？　どこ？」「だれ？　なに？」「なにをした？」をつなげた文。

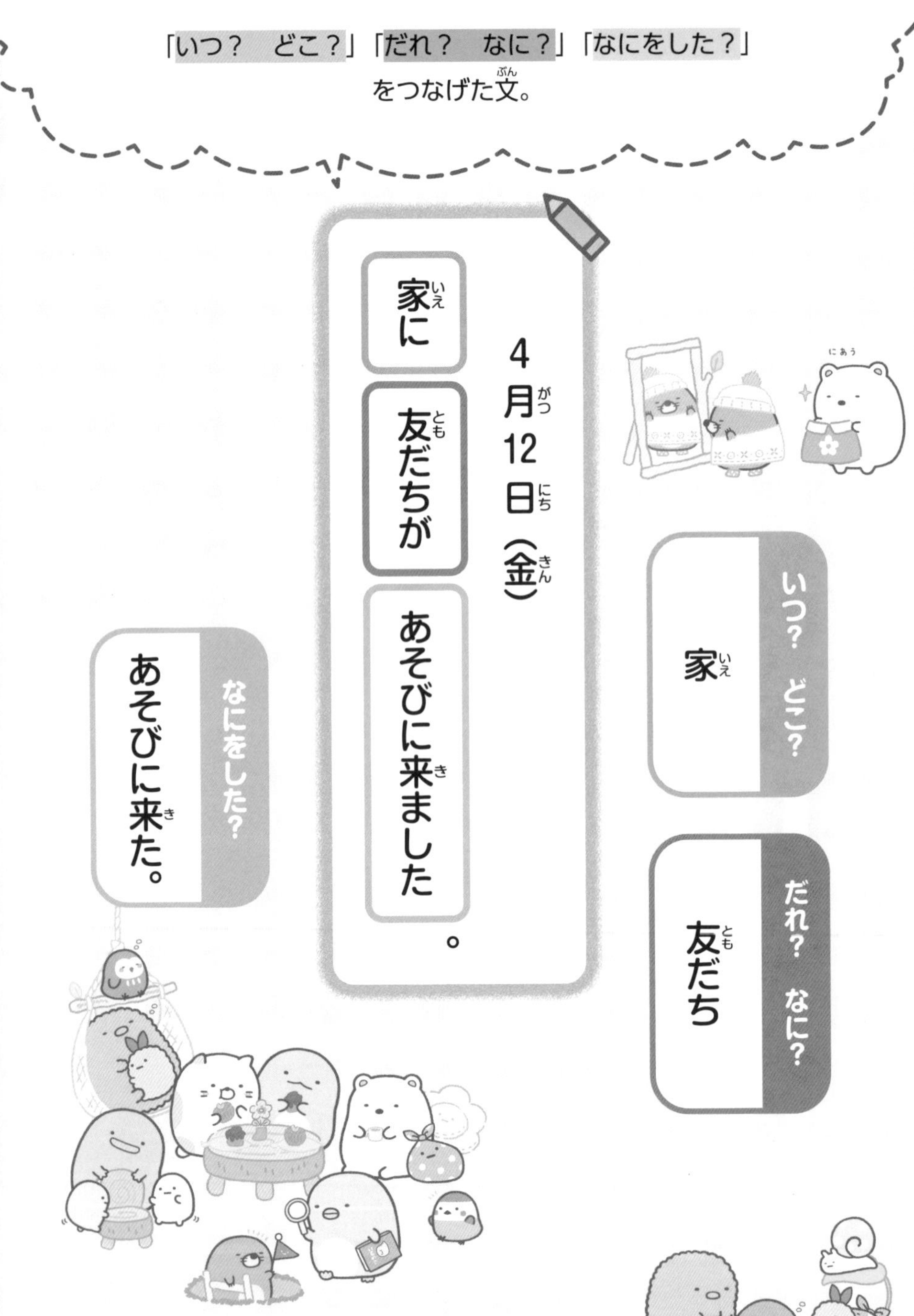

4月12日（金）

家に　友だちが　あそびに来ました。

いつ？　どこ？
家

だれ？　なに？
友だち

なにをした？
あそびに来た。

「いつ？　どこ？」「だれ？　なに？」「なにをした？」「どう思った？」をつなげた文。

**いつ？　どこ？**
土曜日

**だれ？　なに？**
家ぞく

8月11日（日）

土曜日、家ぞくとホテルにとまって楽しかったです。

**なにをした？**
ホテルにとまった。

**どう思った？**
楽しかった。

「いつ？　どこ？」「だれ？　なに？」「なにをした？」
をつなげた文。

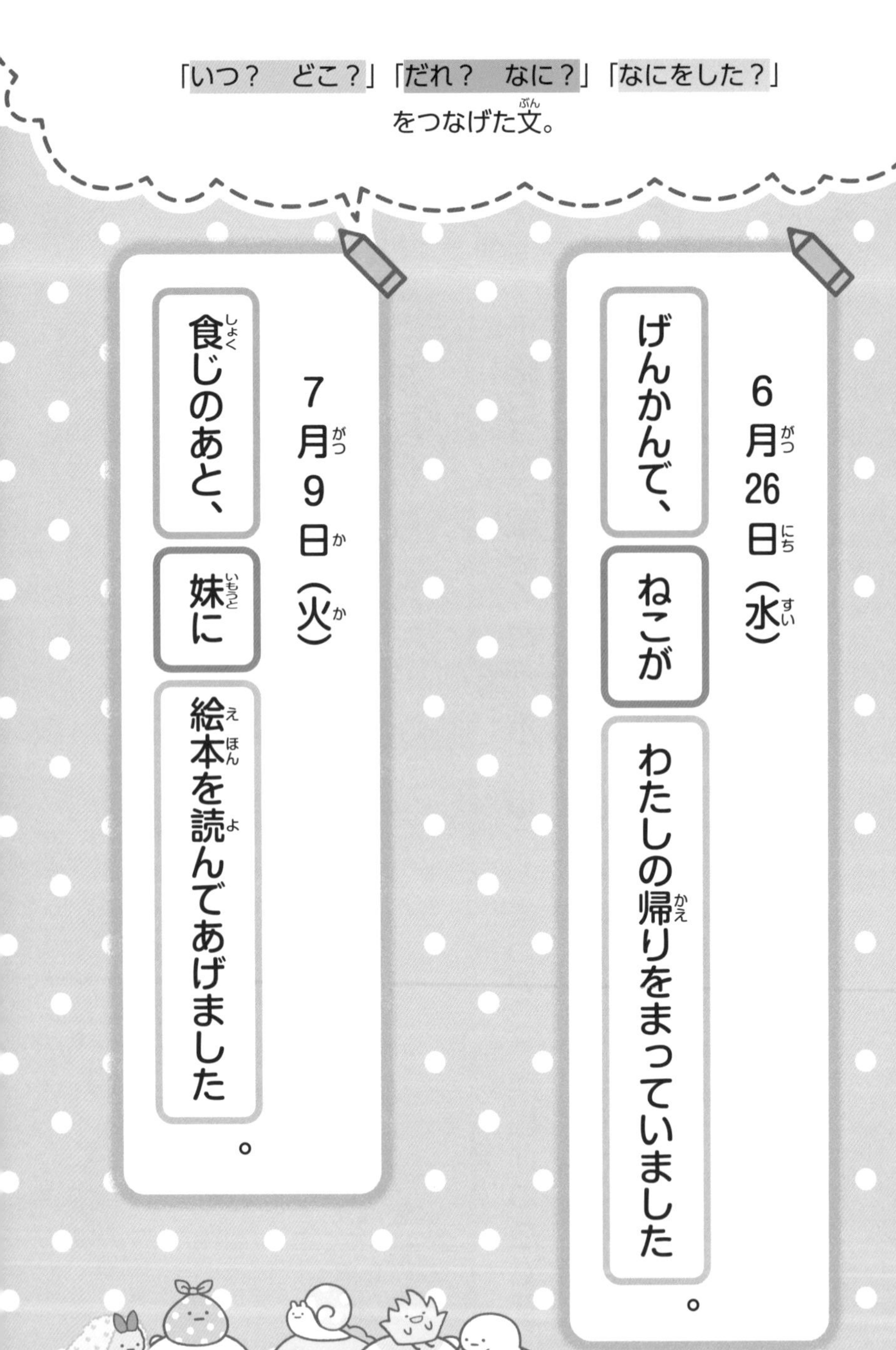

6月26日（水）

げんかんで、ねこがわたしの帰りをまっていました。

7月9日（火）

食じのあと、妹に絵本を読んであげました。

「いつ？　どこ？」「だれ？　なに？」「なにをした？」「どう思った？」をつなげた文。

8月17日（土）

おやつに　弟と　食べたクッキーは、　おいしかったです。

5月18日（土）

きのう、　いとこに　花をあげたら　よろこんでくれました。

「いつ？　どこ？」「だれ？　なに？」「なにをした？」
をつなげた文。

7月19日（金）

ポストに
友だちからの
手紙が入っていました
。

9月4日（水）

朝、
花だんのしょくぶつに
水やりをしました
。

「いつ？　どこ？」「だれ？　なに？」「なにをした？」「どう思(おも)った？」をつなげた文(ぶん)。

2月(がつ)18日(にち)（日(にち)）

音楽会(おんがくかい)で、楽(がっ)きをえんそうしてきんちょうしました。

8月(がつ)21日(にち)（水(すい)）

水(すい)そうの金魚(きんぎょ)のかんさつをするのがすきです。

「いつ？　どこ？」「だれ？　なに？」「なにをした？」
をつなげた文。

6月3日（月）
そらくんの家では、大きな犬をかっています。

4月7日（日）
テレビで、すきなアイドルが歌っていました。

「いつ？　どこ？」「だれ？　なに？」「なにをした？」「どう思った？」をつなげた文。

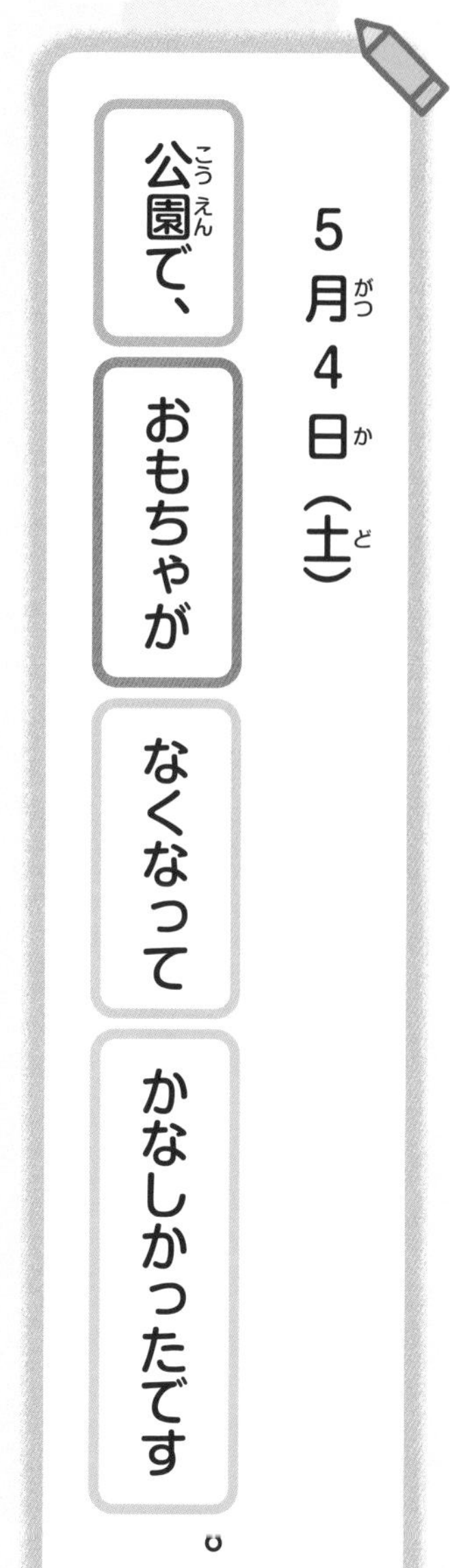

5月4日（土）

公園で、おもちゃがなくなってかなしかったです。

9月17日（火）

ほうか後、みんなであそんで楽しかったです。

# あなうめしてみよう！

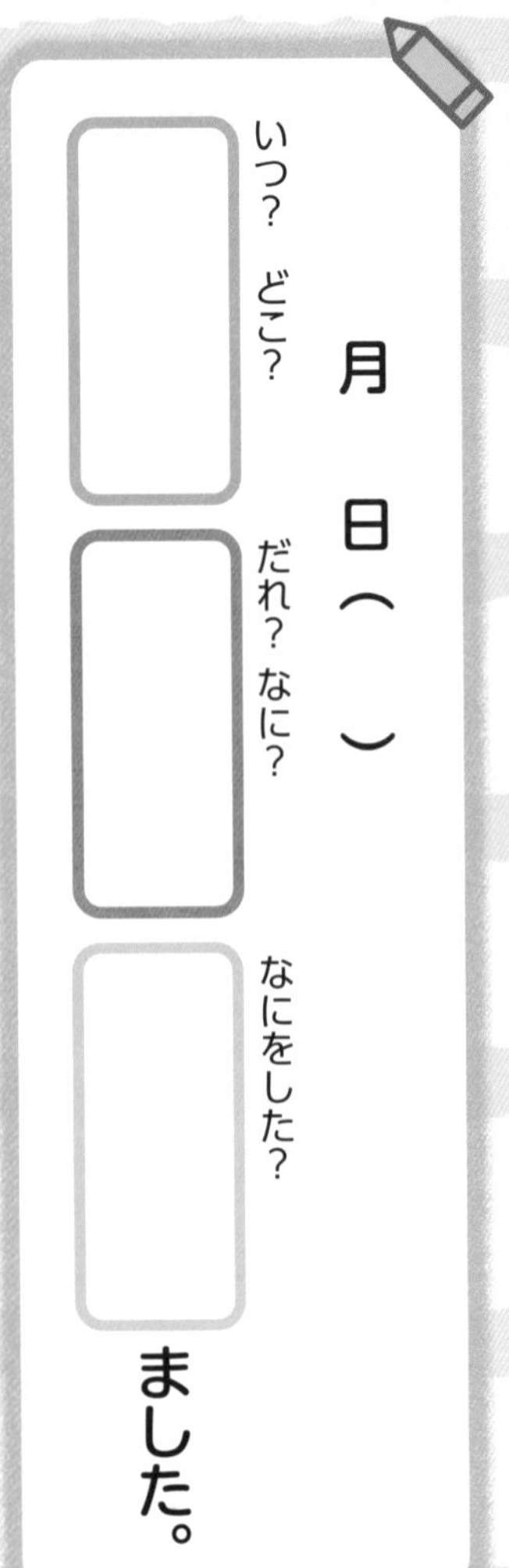

# あなうめしてみよう！



月　日（　）

いつ？　どこ？

だれ？　なに？

なにをした？

どう思（おも）った？

です。

月　日（　）

いつ？　どこ？

だれ？　なに？

なにをした？

どう思（おも）った？

ました。

# あなうめしてみよう！



月　日（　）

いつ？　どこ？

だれ？　なに？

なにをした？

ました。

月　日（　）

いつ？　どこ？

だれ？　なに？

なにをした？

ました。

## あなうめしてみよう！

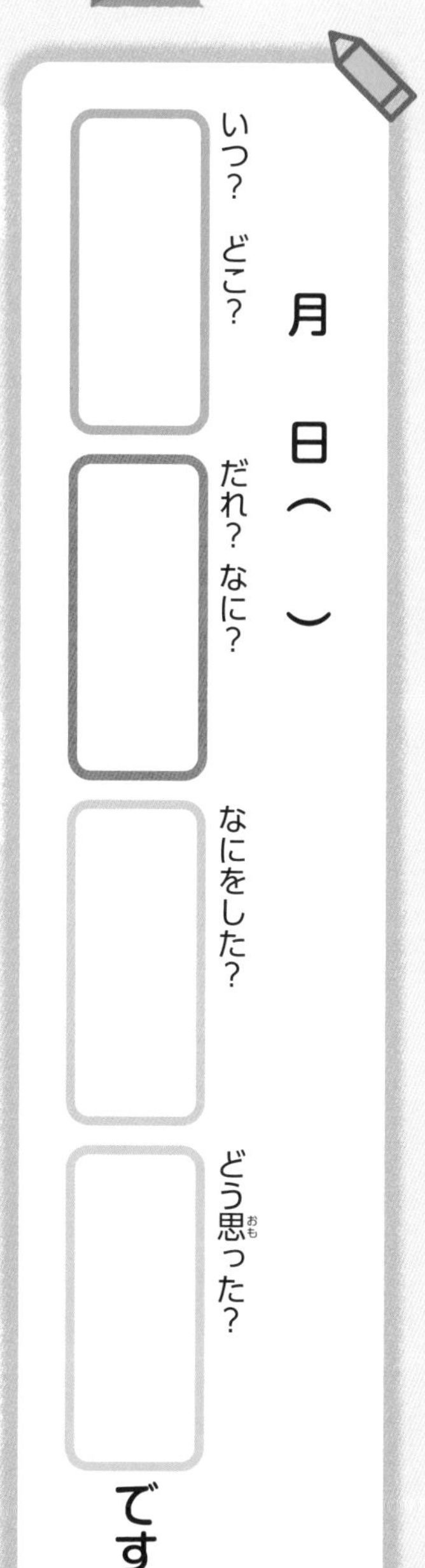

月　日（　）

いつ？　どこ？

だれ？　なに？

なにをした？

どう思った？

です。

月　日（　）

だれ？なに？

なにをした？

どう思った？

ました。

# 日記を書くヒント

## 「いつ？　どこ？」「だれ？　なに？」のことば

### いつ？

朝　ほうか後

日よう日　食じ中

きのう　1年前

思いついたことばを書こう

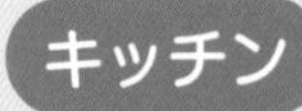

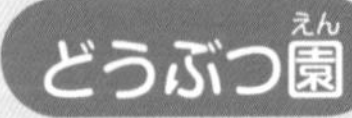


ホテル

スーパー　えき

思いついたことばを書こう

## だれ？

思いついたことばを書こう

## なに？

犬　ねこ　しょくぶつ　どんぐり

ペンケース　なわとび　手紙

思いついたことばを書こう

# 日記を書くヒント

## 「なにをした？」「どう思った？」のことば

### なにをした？

あそんだ　走った　歩いた　出かけた

帰った　作った　聞いた　わらった　ないた

手つだった　食べた　れんしゅうした

思いついたことばを書こう

## どう思(おも)った？

楽(たの)しかった　うれしかった　おいしかった

きんちょうした　さびしかった　かなしかった

思(おも)いついたことばを書(か)こう

日記って楽しい

# 「ふごう」をつかって読みやすく書こう

丸、点、かぎなど、「ふごう」のつかい方をしょうかいするよ。

**点（読点）**
文の切れめにつける。

**かっこ、丸かっこ**
文の中でせつめいをするときなどにつかう。

**丸（句点）**
文のおわりにつける。

月　日（　）

友だちが
「きのう、『きらきらカフェ』
（新しくできたカフェ）に行ったよ。」
と言っていました。わたしも行きたいです。

**二じゅうかぎ**
会話文の中にさらにかぎを入れたいときにつかう。

**かぎ**
会話や目立たせたいことばなどにつかう。

# ステップ2

# 3行日記

「1行日記」のできごとを
もう少しくわしく書いた
「3行日記」を書いてみよう★

その1

# 「1行日記」をくわしく書いて「3行日記」にしてみよう

「1行日記」に、「なにをした？」「どう思った？」のできごとや気もちをあらわすことばを足して「3行日記」にした文を作ってみよう。

## こんな内ようを日記にしたい

| いつ？ どこ？ | だれ？ なに？ |
| --- | --- |
| 家 | 友だち |

| なにをした？ | どう思った？（くわしく） |
| --- | --- |
| あそびに来た。<br>ゲームをしながら<br>おしゃべりをした。 | とても楽しい<br>時間を<br>すごした。 |

「いつ？　どこ？」「だれ？　なに？」「なにをした？（くわしく）」
「どう思った？（くわしく）」をつなげた文。

4月12日（金）

家に　友だちが　あそびに来ました。

ゲームをしながらおしゃべりをして、

とても楽しい時間をすごしました。

「いつ？　どこ？」「だれ？　なに？」「なにをした？（くわしく）」

「どう思った？（くわしく）」をつなげた文。

8月12日（月）

土曜日、家ぞくでホテルにとまりました。大きなおふろに入ったり、ごちそうを食べたりして、しあわせでした。

「いつ？　どこ？」「だれ？　なに？」「なにをした？（くわしく）」「どう思った？（くわしく）」をつなげた文。

7月9日（火）

食じのあと、妹にどうぶつの絵本を読んであげました。妹におれいを言われてうれしかったです。

ステップ2 ● 3行日記

「いつ？　どこ？」「だれ？　なに？」「なにをした？（くわしく）」

「どう思った？（くわしく）」をつなげた文。

6月26日（水）

家について、げんかんの
ドアをあけると
ねこのモモが
わたしの帰りをまって
いました。
とてもかわいいペットです。

「いつ？　どこ？」「だれ？　なに？」「なにをした？（くわしく）」
「どう思った？（くわしく）」をつなげた文。

5月18日（土）

いとこのたん生日に、たくさんのばらの花を

プレゼントしたら、とてもよろこんでく

れました。気に入ってもらえてよかったです。

# あなうめしてみよう！

いつ？　どこ？

月　日（　）

だれ？　なに？

なにをした？

した。

なにをした？（くわしく）

どう思（おも）った？（くわしく）

した。

# あなうめしてみよう！

月　日（　）

いつ？　どこ？

なにをした？

なにをした？（くわしく）

した。

どう思った？（くわしく）

した。

ステップ2　3行日記

# あなうめしてみよう！

月　日（　）

いつ？どこ？

だれ？なに？

なにをした？（くわしく）

た。

どう思(おも)った？（くわしく）

した。

# あなうめしてみよう！

月　日（　）

いつ？どこ？

だれ？なに？

なにをした？（くわしく）

どう思った？（くわしく）

した。

ことばがいっぱい!

# 日記を書くヒント

「なにをした？（くわしく）」
のことば

プールで泳いだり、
ウォータースライダーを
すべったりした。

友だちと
ゲームをしながら
おしゃべりした。

たん生日に、
クリームたっぷりの
いちごのケーキを食べた。

思いついたことばを
書こう

30分間、ピアノを
れんしゅうした。

休み時間、校ていで
ドッジボールをした。

家ぞくで
おばあちゃんの家の
近くにある海に行った。

思いついたことばを書こう

テレビ番組のことで、
弟とけんかになった。

## 「どう思った？（くわしく）」
のことば

思いついたことばを
書こう

ひさしぶりにみんなと
いっしょに出かけて
とても楽しかった。

気もちが
わかってもらえなくて
かなしかった。

やっと
買ってもらえて
うれしかった。

はじめての
ことだったので
どきどきした。

さいしょは、
はらはらしたけれど、
さい後はほっとした。

かたづけるのが
いやだった。

思いついたことばを書こう

かんたんだったので、
また作ってみようと
思った。

その2

# 「したこと」「思ったこと」をつなげて文を書こう

「なにがあった？」「なにをした？」「どう思った？」のことばをつないで文を書いてみよう。

## こんな内ようを日記にしたい

**なにがあった？**

家ぞくでゆうえん地に出かけた。

**なにをした？**

ジェットコースターにのった。

**どう思った？**

こわかったけど楽しい思い出になった。

「なにがあった？」「なにをした？」「どう思った？」をつなげた文。

3月24日（日）

家ぞくでゆうえん地に出かけて、

ジェットコースターにのりました。

こわかったけど楽しい思い出です。

「なにがあった？」「なにをした？」「どう思った？」
をつなげた文。

5月24日（金）

今日は、遠足でたくさん歩きました。

みんなで食べたおべんとうは、

いつもよりおいしくかんじました。

「なにがあった？」「なにをした？」「どう思った？」
をつなげた文。

11月17日（日）

早おきをして、犬のさん歩で川原に行きました。

ちょうど、ドラマのさつえいをしていて、

わくわくしました。ラッキーな日でした。

「なにがあった？」「なにをした？」「どう思った？」
をつなげた文。

2月24日（土）

近じょに、新しいパンやさんができました。

クロワッサンを買って食べたら、

サクサクしておいしくてかんどうしました。

「なにがあった？」「なにをした？」「どう思った？」
をつなげた文。

1月22日（月）

はじめてカレーライスを作りました。

お母さんと姉といっしょに作ったので、

楽しみながら作ることができました。

## あなうめしてみよう！

月　日（　）

なにがあった？

、

なにをした？

。

どう思った？

。

# あなうめしてみよう！

月　日（　）

なにがあった？

。

なにをした？

、

どう思（おも）った？

。

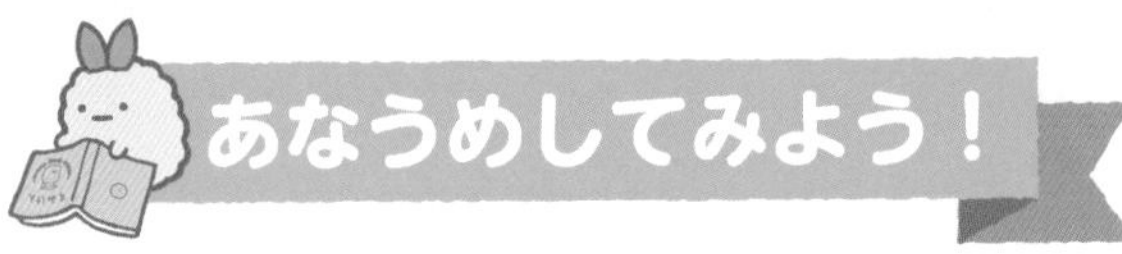


月　日（　）

なにがあった？　　　　、

なにをした？　　　　。

どう思(おも)った？　　　　。

# あなうめしてみよう！

月　日（　）

なにがあった？

［　　　　］。

なにをした？

［　　　　］、

どう思った？

［　　　　］。

ステップ2　3行日記

ことばがいっぱい!

# 日記を書くヒント

「いろんなできごと」のことば

思いついたことばを書こう

生活科のじゅぎょうで、町のお店を見学した。

プールで25メートルおよげるようになった。

なくしたおさいふが見つかった。

遠足(えんそく)の日(ひ)、
雨(あめ)がふって
えんきになった。

きゅう食(しょく)で、
大好(だいす)きないちごの
デザートが出(で)た。

夏休(なつやす)みに、
おばあちゃんの家(いえ)に
あそびに行(い)った。

思(おも)いついたことばを書(か)こう

# 日記を書くヒント

## 「いろんなイベント」のことば

### ★学校★

入学しき　遠足　夏休み　町たんけん

じゅぎょうさんかん　うんどう会　文かさい

冬休み　そつぎょうしき　春休み

思いついたことばを書こう

## ★しゅく日★

元日　成人の日　春分の日　しょうわの日

みどりの日　子どもの日　ゴールデンウィーク

山の日　けいろうの日　スポーツの日

知っているしゅく日を書こう

## ★きせつのイベント★

もちつき　バレンタインデー　花見

海びらき　花火大会　まつり

ハロウィーン　クリスマス　大みそか

思いついたことばを書こう

その3

# 「したこと」「思ったこと」「やりたいこと」をつなげて文を書こう

「なにをした？」「どう思った？」に「どうしたい？」をつなげた文を書いてみよう。

## こんな内ようを日記にしたい

なにをした？

クラスがえがあった。

どう思った？

知っている人が少なくて心ぱいになった。

どうしたい？

自分から話しかけて友だちをたくさんふやしたい。

「なにをした？」「どう思った？」「どうしたい？」
をつなげた文。

4月8日（月）

クラスがえがありました。知っている人が少なくて心ぱいなので、自分から話しかけて友だちをたくさんふやしたいです。

「なにをした？」「どう思った？」「どうしたい？」
をつなげた文。

6月15日（土）

お母さんがデパートでマスコットを買って

くれました。

とてもかわいいです。

たからものにしたいと思います。

「なにをした？」「どう思った？」「どうしたい？」
をつなげた文。

1月22日（月）

のんちゃんから手作りのぬいぐるみをもらいました。

じょうずにできていてびっくりです。

おれいをしようと思います。

「なにをした？」「どう思った？」「どうしたい？」
をつなげた文。

7月28日（日）

家ぞくと海へ行って、「貝ひろい」をしました。

たくさんあつまったので、へやにかざりたくなりました。

貝のひょう本を作ってみようと思います。

「なにをした？」「どう思った？」「どうしたい？」
をつなげた文。

10月17日（木）

学校の遠足で、水ぞくかんに行きました。

「イルカのショー」は、はく力まんてんでした。

また行きたいと思います。

## あなうめしてみよう！

月　日（　）

なにをした？

した。

どう思(おも)った？

です。

どうしたい？

です。

# あなうめしてみよう！

月　日（　）

なにをした？

した。

どう思（おも）った？

で、

どうしたい？

です。

# あなうめしてみよう！

月　日（　）

なにをした？

した。

どう思った？

、

どうしたい？

です。

ステップ2　3行日記

## あなうめしてみよう！

月　日（　）

なにをした？

　　　　　　した。

どう思った？

　　　　　　、

どうしたい？

　　　　　　です。

ことばがいっぱい！

# 日記を書くヒント

## 「このあとどうしたい？（やりたいこと）」のことば

今日は雨なので、
明日、さか上がりの
れんしゅうをしよう。

思いついたことばを
書こう

しゅくだいがおわったら、
みえちゃんの家に
あつまるやくそくをした。

おふろに入って
早くねようと思う。

ピアノの教室のあと、
おいしいパンケーキを
食べたい。

こんどは
はくぶつかんに
行ってみたい。

思いついたことばを
書こう

もういちど、
ボールをさがしに
行こうと思う。

## 「やる気が出る」ことば

とにかく、
やってみよう。

大へんな思いをしたぶん、
うまくいったときの
よろこびが大きくなる。

やりつづければ
きっとできるように
なる。

思いついたことばを書こう

しっぱいしたときは、
つぎから気をつければいい。

できなければ、
ちがうことをやれば
いいだけ。

できないことじゃなく、
できることを考えてみる。

なんとかなるさ〜。

こんなことばでも「やる気」アップ！

## むかしからつかわれてきた「ことわざ」などのことば

### 「千里の道も一歩から」

大きなことも小さなことをつみかさねることからはじまる。

### 「失敗は成功のもと」

しっぱいしても、それまでのよくないことを直していけば、つぎからうまくということ。

### 「石の上にも三年」

つらいことでも、しんぼうしてどりょくをつづければ、うまくいくようになるというたとえ。

### 「住めば都」

どんな場しょでも、すんでいるうちにそこが気に入ってくること。

日記って楽しい

# ひみつ♥そうだん…　いろんな日記を書こう

テーマをきめる、ほかの人といっしょに書く……じゆうな気もちでいろんな日記を書いてみよう。

★『ひみつの日記』★

人に言えない自分の気もちや、もんくなどひとりごとを書く。

ジュンちゃんとケンカしちゃった…

★『おし活日記』★

おしのアイドルやキャラクターなどについてひたすら書く。

レンくんのダンスかっこいい～♥

★『交かん日記』★

友だちや家ぞくと交たいで書く。

シールや色ペンをつかったり、切りぬきやチケットなどをはったりしても楽しいよ。

# ステップ3 5行日記ほか

会話や「どうしたい?」という気持ちなどもくわえて「5行日記」を書こう。さらに長い日記にもチャレンジ★

その1

# 『できごと』『かんじたこと』をじゅん番につなげた『5行日記』を書こう

できごとを①②③④⑤のじゅん番で書いてみよう。

12月9日（月）

①「いつ？」「どこ？」
学校から帰ったあと、わたしの家で

②「だれ？」「なに？」
友だちのゆあちゃんと、

③「なにをした？」
いっしょにカップケーキを作りました。

④「どう思った？」
少し形がくずれたけど、おいしかったです。

⑤「どうしたい？」
つぎは、クッキーをやいてみたいと思います。

6月16日（日）

①「いつ？」「どこ？」

日曜日、バスていで、

②「だれ？」「なに？」

お母さんと妹と、

③「なにをした？」

バスをまっていたら、15分もおくれて来ました。

④「どう思った？」

のりたい電車があったので、はらはらしました。

⑤「どうしたい？」

こんどは、もっと早い時間のバスにしようと思います。

10月12日（土）

①「いつ？」「どこ？」
きのう、えき前のえい画かんで、

②「だれ？」「なに？」
お母さんとお兄ちゃんと、

③「なにをした？」
コメディーのえい画を見ました。

④「どう思った？」
おもしろかったので、わらいっぱなしでした。

⑤「どうしたい？」
来週は、アニメのえい画を見たいと思います。

9月26日（水）

①「いつ？」「どこ？」

近じょにある「なかよし公園」で、

②「だれ？」「なに？」

クラスのみんなであつまって、

③「なにをした？」

「かくれんぼ」をしてあそびました。

④「どう思った？」

わたしは、木の後ろにかくれて、どきどきでした。

⑤「どうしたい？」

今どは、「色おに」であそびたいと思います。

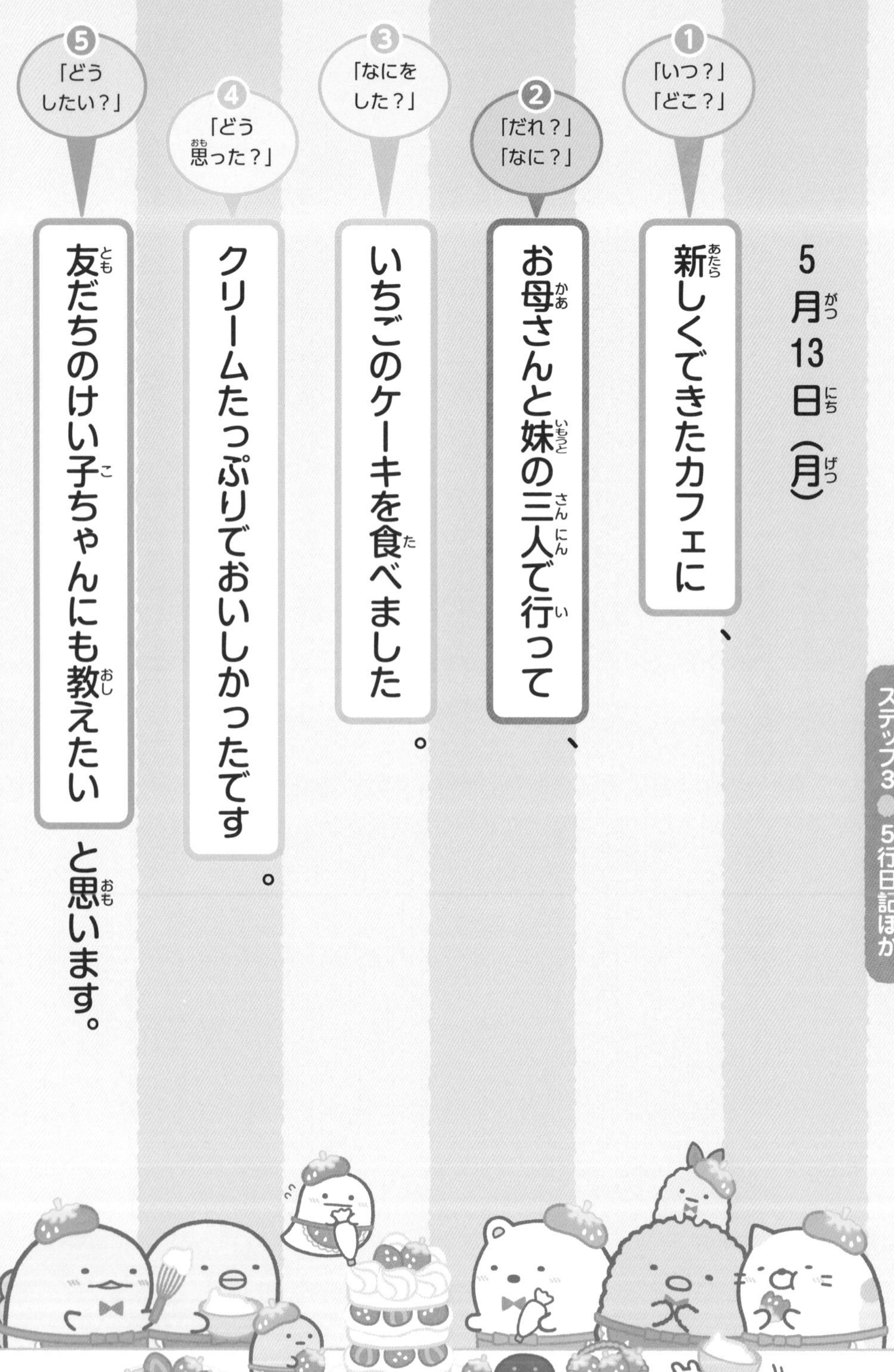

5月13日（月）

①「いつ？」「どこ？」

新しくできたカフェに、

②「だれ？」「なに？」

お母さんと妹の三人で行って、

③「なにをした？」

いちごのケーキを食べました。

④「どう思った？」

クリームたっぷりでおいしかったです。

⑤「どうしたい？」

友だちのけい子ちゃんにも教えたいと思います。

6月3日（月）

①「いつ？」「どこ？」

きのう、同じクラスのそらくんの家に、

②「だれ？」「なに？」

のんちゃんといっしょに、

③「なにをした？」

ねこの赤ちゃんを見に行きました。

④「どう思った？」

とても小さくてかわいかったです。

⑤「どうしたい？」

また、見に行きたい と思います。

# あなうめしてみよう！

月　日（　）

❶「いつ？」「どこ？」

、

❷「だれ？」「なに？」

、

❸「なにをした？」

。

❹「どう思(おも)った？」

。

❺「どうしたい？」

と思(おも)います。

ステップ3　5行日記(ぎょうにっき)ほか

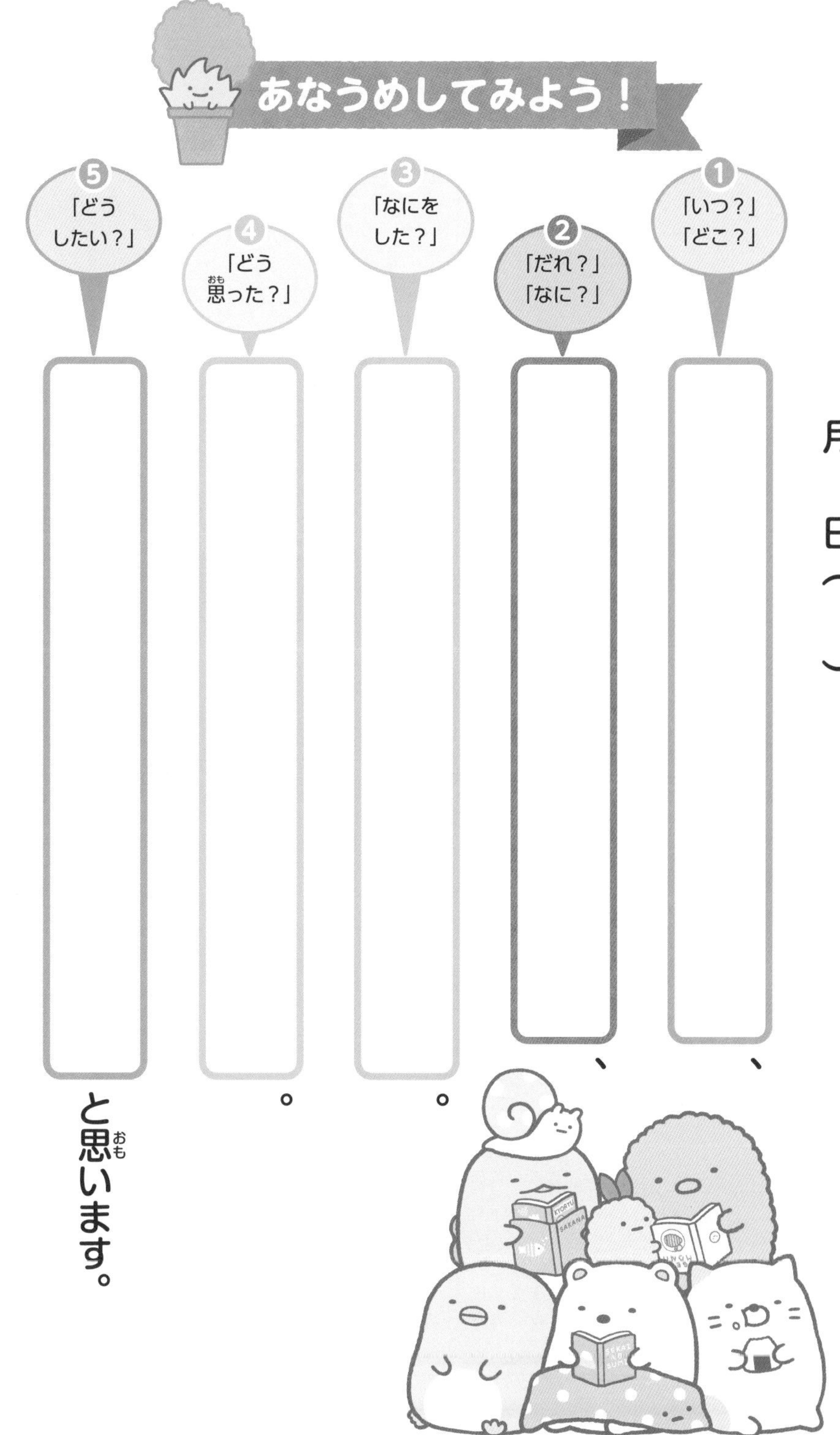
あなうめしてみよう！
①「いつ？」「どこ？」
②「だれ？」「なに？」
③「なにをした？」
④「どう思った？」
⑤「どうしたい？」
月
日（
）
、
、
。
。
と思います。

# あなうめしてみよう！

①「いつ？」「どこ？」

②「だれ？」「なに？」

③「なにをした？」

④「どう思（おも）った？」

⑤「どうした？」

月　日（　）

、

、

。

。

と思（おも）います。

# あなうめしてみよう！

①「いつ？」「どこ？」

月　日（　）　、

②「だれ？」「なに？」

、

③「なにをした？」

。

④「どう思（おも）った？」

。

⑤「どうしたい？」

と思（おも）います。

ステップ3　5行日記（ぎょうにっき）ほか

# ことばがいっぱい！ 日記を書くヒント

## 「にている気もちのことばを さがそう ①」

### ★うれしい　楽しい★

うきうきする　わくわくする　いい気分

しあわせ　ハッピー　心がおどる

思いついたことばを書こう

### ★はずかしい★

てれくさい　顔がまっかになる　顔から火が出る

こそこそ　ひそひそ　もじもじ

思いついたことばを書こう

## ★すき★

あこがれる
そんけいする
ほれぼれする
ときめく

思(おも)いついたことばを書(か)こう

## ★おどろく★

びっくりする
目(め)を見(み)はる
どっきりする
あわてる

思(おも)いついたことばを書(か)こう

## ★かなしい★

なみだが出(で)る
おちこむ
ショックをうける
なく

思(おも)いついたことばを書(か)こう

その2

とくに心にのこったできごとについて、
もっとくわしく書いてみよう。

5月12日（日）

いつ？　どこ？

母の日に、

だれ？　なに？

お姉ちゃんと、

なにをした？

きょう力して食じを作り　ました。

なにをした？（くわしく）

作ったメニューは、ハンバーグとコーンスープです。
お母さんは、「とてもおいしいわ。」と言いました。

わたしは、

どう思った？

よく考えたら、自分のすきなメニューばかり
作ったことに気づき、少しはずかしい

気もちになりました。

どうしたい？

このつぎは、お母さんのすきな
「カルボナーラのスパゲティ」にちょうせんしよう

と思います。

8月11日（日）

いつ？　どこ？　だれ？　なに？

土曜日、 家ぞく四人で、

なにをした？

水ぞくかんに行き ました。

なにをした？（くわしく）

ジンベエザメのいる広い水そうの前は、人でいっぱいでした。お父さんが、かた車をしてくれたので、よく見えました。

わたしは、

どう思った？

とても大きな
ジンベイザメのせなかを見て
「のってみたい」という

気もちになりました。

どうしたい？

こんどは、どうぶつ園やテーマパークにも
行ってみたい

と思います。

8月12日（月）

いつ？ どこ？

夕がた、

だれ？ なに？

お兄ちゃんと、

なにをした？

買いものに出かけ ました。

なにをした？（くわしく）

ショッピングセンターにあった
クレーンゲームでお気に入りの
ぬいぐるみを手に入れました。

わたしは、

どう思った？

たった1回のちょうせんで
とることができたので、
みんなに自まんしたい

気もちになりました。

どうしたい？

友だちの、のあちゃんにも
うまくとれる「ひっさつわざ」
を教えてあげよう

と思います。

# あなうめしてみよう！

月　日（　）

いつ？　どこ？

だれ？　なに？

なにをした？

ました。

なにをした？（くわしく）

## あなうめしてみよう！

わたしは、

どう思った？

気もちになりました。

どうしたい？

と思います。

# あなうめしてみよう！

いつ？ どこ？

月　日（　）

だれ？ なに？

なにをした？

ました。

なにをした？（くわしく）

## あなうめしてみよう！

わたしは、

どう思（おも）った？

気（き）もちになりました。

どうしたい？

と思（おも）います。

## 「にている気もちのことばをさがそう②」

### ★まよう★

なやむ　あせる　きめかねる　ぐずぐずする

思いついたことばを書こう

### ★こまる★

かたをおとす　しょげる　おろおろする

頭をかかえる　弱る　まいる

思いついたことばを書こう

## ★いたい★

くるしい　つらい　ずきずきする　きつい

思(おも)いついたことばを書(か)こう

## ★ほっとする★

あん心(しん)する　おちつく　すっきり　むねをなでおろす

思(おも)いついたことばを書(か)こう

## ★きらい★

にがて　むり　虫(むし)がすかない　やりたくない

思(おも)いついたことばを書(か)こう

その3

# 「気もち」や「せりふ」から書こう

まず、「どう思った？」という「自分の気もち」から書く文を作ってみよう。「せりふ」から書きはじめるやり方もあるよ。

11月7日（木）

わたしは、

どう思った？

たくさんの人と、いろいろな話をするのが大すき

です。

どう思った？（理ゆうをくわしく）

みんながどんなことを考えているのか、なにがすきなのか、わかるのが楽しい

からです。

なにをした?

今日は、友だちのりかちゃんと話をして、同じ本をもっていることがわかり、もり上がりました。

どうしたい?

これからも、たくさんの人とできるだけ話をしたいと思います。

「せりふ」から書こう

9月23日(月)

どう思った?(「せりふ」にする)

「やったあ。魚がつれたよ。」

なにをした?

家ぞくと出かけたキャンプ場の近くの川で、魚つりをしました。マスがつれたので、わたしは大よろこびしました。

どう思ったか？（くわしく）

「1ぴきもつれなかったら、どうしよう……。」と思っていたので、とてもうれしかったです。

ほかに思ったことは？

お父さんが魚つりのコツを教えてくれたので、3びきもつれました。魚つりはさい高だと思います。

「せりふ」から書こう

11月12日（火）

どう思った？（「せりふ」にする）

「今日は、みんなで『魚ずし』に行こう。」「わあい。うれしいな。」

なにをした？（ざっくり）

日曜日、お父さんが家ぞくでおすしを食べに行こうと言いました。

どう思った？（くわしく）

わたしは、毎日、食べてもいいくらいおすしが大すきなので、とび上がるくらいうれしかったです。

ほかに思ったことは？

はじめて「大とろ」を食べました。びっくりするほど、おいしかったです。また、つれて行ってほしいと思います。

# あなうめしてみよう！

月　日（　）

わたしは、

どう思(おも)った？

です。

どう思(おも)った？（理(り)ゆうをくわしく）

からです。

# あなうめしてみよう！

なにをした？

ました。

どうしたい？

と思(おも)います。

## あなうめしてみよう！

「せりふ」から書こう

月　日（　）

どう思った？（「せりふ」にする）

なにをした？

ました。

# あなうめしてみよう！

どう思った？（くわしく）

です。

ほかに思ったことは？

と思います。

ステップ3　5行日記ほか

ことばがいっぱい!

# 日記(にっき)を書(か)くヒント

「ようすをあらわすことば、たとえることばをさがそう」

米(こめ)つぶみたいな
小(ちい)さな虫(むし)

にじのような
色(いろ)をしたしきもの

ほっかほかの
のみもの

思(おも)いついたことばを書(か)こう

もふもふの
パンダの毛(け)

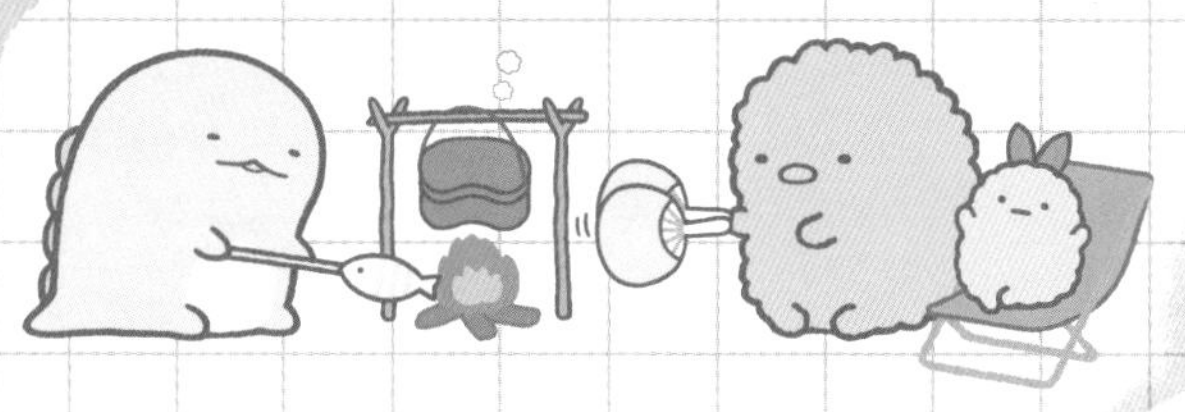

思いついたことばを書こう

マンガに出てくるようなたてロールのヘアスタイル

ぴかぴかのペンケース

もくもくした白いくも

こんなことばもチェック！

## むかしからつかわれてきた「ことわざ」などのことば

**「すずめの涙」**

とても少ないこと。


**「月とすっぽん」**

くらべものにならないくらいちがうこと。


**「虫が知らせる」**

なにかがおこりそうな気がすること。


**「かりてきた猫」**

いつもよりおとなしくしているようす。

# いろいろな「書き出し」

「せりふ」からの書き出しのほかに、「なぜ?」音、こくはく、くりかえしなどもあるよ。

## ★「なぜ?」から★

**どうしてすぐに
おなかがすくんだろう?**

「なぜ?」というぎもんから書いたあとに、「体育のじゅぎょうがあったからかも」など自分の考えを書いてみよう。

## ★「音」から★

**「ピンポーン♪」
いったい、だれだろう?…**

「ドサッ」「パリーン」など、音から書きだすことで、テンポのよい文になるよ。ものがたりを書く気もちで。

## ★「こくはく」から★

**じつは今日、
しゅくだいをやらずに
学校に行きました。**

まず、ほうこくしたいことから書く。そのあと、くわしい内ようを。ほう道キャスターの気分になってみて。

## ★「くりかえし」から★

**夏休みは、
とにかくあそんであそんで
あそびまくった。**

同じことばをくりかえすと、強くかんじていることがあらわせる。たくさんあそんだ夏休みをすごしたことがわかるよ。

# ステップ4 じゆう日記

「あなうめ」をつかわず、
じゆうに日記を
書いてみよう★

「あなうめ」からそつぎょうしよう

# じゆうに書いてみよう

「日記に書きたいな」と思うことを、じゆうに書いてみよう。どんなできごとでもいいよ。日記を書けば書くほど、どんどん楽しくなるはず！

## じゆうに書こう

### みのまわりの「できごと」を書き出そう

まず、日記に書きたい内ようを考えよう。「公園でボールあそび」「きゅう食のカレーライス」「家ぞくで水ぞくかん」……「できごと」をメモするようなカンジで、いろいろと書き出してみるといいよ。どんな内ようでもOKだけど、「おぼえておきたい」と思う「できごと」を書いておくと、読みかえしたときにやくに立つよ。

書きたい内ようがうかんでこない……ときは、みのまわりの「できごと」をだれかに話してみると見つかるかもしれないよ。

# じゆうに書こう

## 書きたい「できごと」を決めてくわしく書き出そう

つぎに、書き出した中で、「これが書きたい！」と思う「できごと」をひとつえらんでみよう。下の図のようにつながりを考えながらかんけいのあることを書き出すと、内ようがきめやすいよ。

# じゆうに書こう

## 書き出した内ようをつなげて日記の文を作ろう

書きだした内ようの中から、さらに書きたいことをえらんで文をつないでいこう。文をつなぐじゅん番にきまりはないよ。行った場しょから書いてもいいし、気もちから書いてもいい。書き出しとおわりの内ようを先にきめてから、中に入れる文をきめる方ほうもあるよ。

なやんでしまうときは、下のじゅん番で書いてみよう。

①「いつ？」「どこ？」
②「だれ？」「なに？」
③「なにをした？」
④「どう思った？」
⑤「どうしたい？」

書きおわったら、読みかえしてみよう！　音読してみるのもいいね！

# 日記ちょうを活用しよう

ステップ1～4をさんこうにして、日記ちょう（P115～）に書いてみよう。ちょくせつ書いてもOK。たくさん書きたいときはコピーをしてね。

## 1行日記

はじめて文を書くなら、1行日記がおすすめ。「なにをした？」の内ようを書くだけでもいいよ。

## 3行日記

書くことになれてきた、もう少しくわしく書いてみたい…そんなときには3行日記を書いてみよう。

## 長め日記

くわしく書きたくなったら、長めの日記にちょうせんしてみよう。学校でならったことばをつかってもいいね。

## おもな参考文献

「毎日のドリル　小学２年　作文」（Gakken)、「きょうから日記を書いてみよう２　日記をスラスラ書く方法」（向後千春　著／汐文社)、「小学１年生から論理的に書ける『三文作文』練習帳」（林聖　著／実務教育出版)、「小学校６年生までに必要な作文力が１冊でしっかり身につく本」（安藤英明　著／かんき出版)、「『なにを書けばいいかわからない…』が解決！ こども文章力」（齋藤孝　著／KADOKAWA）ほか。

キラピチレッスン

**すみっコぐらし　あなうめ日記れんしゅうちょう**

2024年４月２日　第１刷発行

キャラクター監修　サンエックス株式会社

発行人　　土屋　徹
編集人　　志村俊幸
編集長　　野村純也
企画編集　　松尾智子
執筆　　竹内美恵子
編集協力　　上杉葉子、本多萌華（サンエックス株式会社）
イラスト　　みゃーぎ
カバー＆本文デザイン・DTP　髙島光子（ダイアートプランニング株式会社）
校正　　奎文館
発行所　　株式会社Gakken
〒141－8416
東京都品川区西五反田2－11－8
印刷所・製本所　中央精版印刷株式会社

●この本に関する各種お問い合わせ先
・本の内容については、下記サイトのお問い合わせフォームよりお願いします。
https://www.corp-gakken..co.jp/contact/
・在庫については　TEL:03-6431-1197（販売部）
・不良品（落丁、乱丁）については　TEL:0570-000577
学研業務センター　〒354-0045　埼玉県入間郡三芳町上富279-1
・上記以外のお問い合わせ先は　TEL:0570-056-710（学研グループ総合案内）

# すみっコぐらし
# 日記（にっき）ちょう

# 1行日記（ぎょうにっき）

月　日（　）

月　日（　）

月　日（　）

月　日（　）

# 1行日記

月　日（　）

月　日（　）

月　日（　）

月　日（　）

# 1行日記

月　日（　）

月　日（　）

月　日（　）

月　日（　）

# 1行日記

月　日（　）

月　日（　）

月　日（　）

月　日（　）

# 3行日記

月　　日（　　）

# 3行日記(ぎょうにっき)

月　日（　）

# 3行日記

月　日（　）

# 3行日記

月　日（　）

# 長めの日記

月　日（　）

# 長め(ながめ)の日記(にっき)

月　日（　）

名前